JN126398

万葉ラブストーリー

万寿姫の恋

藤本　昇

とうかしょぼう
櫂歌書房

目次

出会い …… 5
逢びき …… 14
旅立ち …… 21
道中（一） …… 29
道中（二） …… 40
夏は来ぬ …… 44
秋立ちぬ …… 48
夢 …… 59
晩秋 …… 64

万葉ラブストーリー

冬 …… 71
春がきた …… 76
春のうれい …… 77
嫉妬（しっと）の炎 …… 86
あきらめ …… 90
高札 …… 93
かくごの日 …… 98
庄屋の思い …… 100
大蛇退治 …… 106
あとがき …… 114

※ 歌下（　）内の数字は「国家大観」の歌番号

出会い

「万寿姫ではありませんか。」姫はびっくりしたがその顔に見おぼえがあった。

「松鶴丸様ですか」

「そう、幼い頃よく遊んでいた松鶴丸ですよ。今は元服して英彦磨と言います。」

毎年開かれる秋祭であるが、今年は大豊作に感謝して以前にもまして盛大に開かれていた。男も女も老いも若きもこの日だけは特別のはれの日でもあった。

万寿姫も友達に誘われて初めて参加していた。

二人は幼なじみであった。二人の父親がともに領主後藤家に仕えていたので一緒によく遊んでいた。

しかし、万寿姫の父親が領主の勘気にふれ浪人となったため、自然と疎遠になり長いこと会うこともなかった。

幼なかった昔、けんけんばったやかくれんぼ、鬼ごっこ、なわとび、もくろう打ちなど暗くなるまで遊びほうけていたことや、最近のことまでよもやま話がはずんで楽しい時を過ごした。

話がはずむにつれ、幼なかった頃の楽しい想い出が時空を越えて二人の心をしっかりと結びあわせた。

英彦磨が別れにあたり歌を贈った。

筒井つの　井筒にかけし　まろがたけ
すぎにけらしな　妹(いも)みざるまに（伊勢物語）

幼ない頃、井戸の井筒であなたと背くらべをしていた私もすっかり大きくなりました。ひさしくあなたと会わないうちに。

万寿姫もこれに応えた。

くらべこし　振り分け髪も　かたすぎぬ
君ならずして　誰かあぐべき（伊勢物語）

あなたと髪のくらべっこをしていたこの振り分け髪も長くのびて肩を越えてしまいました。この髪上げをする方はあなた以外にはいません。

ふたりはもうすっかり恋人同士になっていた。うしろ髪を引かれつつまたの会う日を楽しみに帰って行った。

ここは西肥の国杵島郡住吉村（現武雄市）西を黒髪山、北を黒岳、南を神六山に囲まれ、黒髪山を源流とする松浦川が村を半円状に大きく流れ、北上して唐津湾に注いでいる。

夢多き万寿姫についに白馬の王子様が現れたのだ。その喜びを歌に託した。

秋風の　吹きにし日より　いつしかと
わが待ち恋ひし　君そ来ませる（一五二三）

秋風がはじめて吹いた日からあなたが来るのはいつであろうかと心待ちしていた私に恋しい人がやっとおいでになった。

英彦磨もこたえた

あしびきの　山辺に居りて　秋風の
日にけに吹けば　妹をしそ思ふ（一六三二）

山辺に居て秋風が日ごとに強く吹くようにあなたへの
恋しさがつのっていきます。

万寿姫が里を歩いていると偶然英彦磨に出合った。

住吉（すみのえ）の　里行きしかば　春花の
いやめづらしき　君に逢へるかも（一八八六）

里を歩いていると春の花のようにかぐわしく、めづらしいあなたに出合って嬉しい。

万寿姫はじっくり話をしたかったが英彦磨は仕事の途中だったのでよく話すことが出来ず心残りであった。
同じ村に住んでいるのに会えないなんて

遠くあらば　わびてもあらむを
里近く　在りと聞きつつ　見ぬが術(すべ)なさ（七五七）

遠くにいるならばがっかりしながらもあきらめもしましょうが、里近くに住んでいると聞きながら逢えないのがたまらなくくやしいことです。

二人の気持ちは通じあっているが会う日がなかなか定まらない。

万寿姫はじれて歌を詠んだ。

暇(いとま)無み　来(こ)ざりし君に　霍公鳥(ほととぎす)
われ斯(か)く恋ふと　行きて告げこそ（一四九八）

忙しいのでしょうか。なかなか会うチャンスがないあの人に、ほととぎすよ。飛んで行って私がこんなに恋したっていることをカッコウ（斯く恋う）と鳴いて知らせておやり。

今日は朝から雨。万寿姫は外仕事が出来ないので家にいる。自然とあの人が偲ばれる。

ぬばたまの　黒髪山の　山草に
小雨(こさめ)降りしき　しくしく思ほゆ（二四五六）

黒髪山の山草に小雨が降りしきるように恋しい人がしきりに思われます。

しばらくして二人はやっと会うことができた。万寿姫はその思いを歌に託した。

葦辺より　満ち来る潮の　いやましに
思へか君が　忘れかねつる（六一七）

葦辺にひたひたと満ちてくる潮のようにあなたへの思いがつのっていきます。

英彦磨もすぐに応えた。

相見ては　しましく恋は　和(な)ぎむかと
思へどいよよ　恋まさりける（七五三）

会った嬉しさで恋心はおさまるかと思ったがますますいとしさがつのってきます。

逢びき

万寿姫との逢びきの日がやって来た。夕方に会う約束なので英彦磨はいち早く来て待っていたが日が落ちても彼女は来ない。来ないはずはないがどうしたのだろうか。不安がつのる。良くないことでもあったのか。場所を間違えたのか、忘れたのか。日はとっぷりと暮れてきたが、更に待ち続けていると夜露で木々の葉からしづくが落ちはじめ、身体が濡れてきた。それでも来るかも知れないといま少し待った。が来ない。ついにあきらめて歌を送った。

あしびきの　山のしづくに　妹（いも）待つと
われ立ち濡れぬ　山のしづくに（一〇七）

あなたが来るのを待っていると私は落ちてくる山のしづくにすっかり濡れてしまったことだ。

万寿姫はすぐに歌を返した。

吾（あ）を待つと　君が濡れけむ　あしびきの
山のしづくに　成らましものを（一〇八）

ごめんなさいね。私を待ちつづけてくださったあなた。あなたを濡らしたその山のしづくになってあなたのあたたかさを感じたかったわ。

万寿姫と英彦磨がやっと逢う日がやってきた。

英彦磨は早々と逢うせの地で待っているが、なんとなく落ち着かない。

そろそろ満月が昇ってくる頃であるが彼女はまだ来ない。

そこへ村の若い衆が通りかかった。

「おやっ、めづらしいね。何してんだい。こんな所で。」

英彦磨はびっくりしたがなにくわぬ顔で「都へ行く日も近いので、ふるさとの月をじっくり見ておこうと思ってね。」

「そうかい。それはいい心がけだ。ゆっくり見ていきな。」と若い衆は去って行った。

あしびきの　山より出(い)づる　月待つと
人には言いて　妹(いも)待つわれを（三〇〇二）

やっと万寿姫がやって来た。

彼女は無言で彼の胸にだきついてきた。

先に逢った時に彼が都へ修学のため、今年の春から二年間行くことを話していた。

英彦磨はただの逢うせのつもりだったが、万寿姫にすればもう逢えないかも知れないと思っていたので我知らず夢中でだきついていた。

彼も彼女の気持ちが十分にわかるので負けじとだきしめた。もう二人は完全に身も心もとけあって、ゆっくりと草むらに沈みこんだ。

そして愛の言葉を十二分にかわした。

恋ひ恋ひて　逢へる時だに　愛しき
言尽くしてよ　長くと思はば（六六一）

恋しいあなたになかなか逢えなかったの。やっと逢えたあなたと私。逢っている時いや一晩中でもあなたのやさしい愛の言葉をずーっと聞きたいの。あなたと私の愛がいつまでも続きたいとお思いなら。

夜が明けた。万寿姫は昨夜のことが夢かうつつかもうろうとしていた。

君やこし　我や行きけむ　思ほえず
夢かうつつか　寝てかさめてか（伊勢物語）

あなたが来てくれたのだろうか。私の方から行ったのだろうか。さだかでない。夢だったのか、ほんとうにあったのか。寝ていたようでもありさめていたような。

そのうちに髪が乱れているのに気がついた。

朝寝髪　われは梳らじ　愛しき
君が手枕　触れてしものを（二五七八）

昨夜はなんとしあわせな時間だったのだろう。愛する彼と身も心もしっかりと溶けあい、彼がやさしくかきなでてくれたこの髪をどうして梳ったりできようか。彼の息づかいがまだ耳もとに残っているんだもの。乱れ髪こそ私にとっては愛のあかし。そう簡単には捨てられないの。

また、じーっと手をみる。

万代と　心は解けて　わが背子が
　摘みし手見つつ　忍びかねつも　（三九四〇）

いついつまでもと身も心もとけあってあなたがやさしく摘まむように、そーっと持ちあげてやさしく口づけしたこの手。見れば見るほどいとほしくなるのです。

そう。恋している人は愛した人が触れただけでどんなものでも宝石になってしまうのです。

信濃なる　千曲の川の　小石も
　君し踏みてば　玉と拾わむ　（三四〇〇）

旅立ち

英彦磨の旅立ちの日が近ずいてきた。逢うことがなかなかかなわない時には

昨日今日(きのふけふ)　君に逢はずて　為(す)る為方(すべ)の
たどきを知らに　哭(ね)のみしそ泣く（三七七七）

昨日も今日もあなたに逢うことができず、どうしたらいいのとただ泣くばかりです。

しかし、逢ったら逢ったで

前日も　昨日も今日も　見つれども
明日さへ見まく　欲しき君かも（一〇一四）

前日も昨日も今日も逢ったのに、明日もまたあなたに逢いたい恋心がますますつのっていきます。

もう万寿姫は完全に恋の虜になってしまった。

斯くのみし　恋ひし渡れば　たまきわる
命もわれは　惜しけくもなし（一七六九）

こんなにあなたに恋をしつづければたとえ私の命がなくなっても後悔することはありません。

しかし、時は無情に過ぎていく

大和へに　君が立つ日の　近づけば
　野に立つ鹿も　響(とよ)みてそ鳴く（五七〇）

　いよいよ英彦磨が旅立つ日が近づき、野原にいる鹿も
　その気配を感じてか別れを惜しんで鳴いている。

鹿は野原でなんの気がねもなく声を出して鳴いているが、万寿
姫は人に気がねして知られぬように泣いている。

白栲(しろたへ)の　袖(そで)別るべき　日を近み
　心にむせび　ねのみし泣かゆ（六四五）

いよいよあなたとお別れする日が近づきました。私はただただ悲しくて心がはりさけそうで、白い袖に顔をうずめてもう泣くばかりです。

いよいよ明日は彼が旅立つのだと思うと万寿姫は感情がたかぶって寝ることができず、たえかねて外に出てみた。しんしんと夜がふけて冷気が頬を過ぎてゆく。

わが背子を　大和へ遣(や)ると　さ夜深(ふ)けて
暁露(あかときつゆ)に　わが立ち濡(ぬ)れし（一〇五）

いとしい彼が都へいく日がとうとう来てしまったのだと思うと未明の露に濡れたまま立ちつくしてしまった。

ついに朝が来た。

わが背子に　復(また)は逢はじかと　思へばか
今朝の別れの　すべなかりつる（五四〇）

愛しい人にもう逢えないかと思うと今朝の別れにどうすることもできず、心がしずむばかりです。

旅立ちの見送りには多くの人が来ていた。
そのため、万寿姫は人目をはばかって遠くから袖も振らずに見送ってしまった。

草枕　旅行く君を　人目多み
袖振らずして　あまた悔しも（三一八四）

旅へ出発するいとしい彼に人目を気にして別れの袖も振らなかったことが、後でこんなにも悔しい思いになろうとは。


見送りの人達に遠慮して、万寿姫は泣きたい気持ちを抑え袖を振ることも出来なかった。

そのため、どうしてなにもしなかったのとだんだん自分を責める思いが押しよせる。

行ってほしくない。行かせてなるものか。

なにかいい手立てはないものか。常軌を逸して考える。

あった！道さへなければいい。簡単なことだ。
道があるから彼が行ってしまうのだ。道を消さなければ！

君が行く　道の長手を　繰り畳ね
焼き滅ぼさむ　天の火もがも（三七二四）

神さま、彼が行く長い道を繰りたたね、天の業火で焼き滅ぼしてください。

けわしい山路を英彦磨が苦労して越えていると思うと万寿姫の
心は落ちつかない。

あしひきの　山路を越えむと　する君を
心に持ちて　安けくもなし（三七二三）

石ころが多く草が生え歩きにくい山路を越えようと難渋しているあなた。あなたのことばかり気になって、ひとときだって安らかな気持ちではいられない私です。

一方、英彦磨も山路を越えつつ、万寿姫がいとしくて恋しくてしかたがない。

小竹（ささ）の葉は　み山もさやに　乱（みだ）るとも
我は妹思ふ　別れ来ぬれば（一三三）

ささの葉ずれの音が山全体にひびき渡っているが、あなたと別れたさびしさでなおさらあなたのことが偲ばれます。

道中（一）

黒髪山を発した松浦川は北の方へ十里程流れて松浦の港に注ぐ。

万寿姫は英彦磨の行く松浦川に自分の気持を託して歌った。

松浦川　七瀬の淀は　よどむとも
われは淀まず　君をし待たむ（八六〇）

松浦川には七瀬も淀む所がありますが、私の心は淀むことはありません。あなたの帰りをただひたすらお待ちしています。


英彦磨が船出する松浦の港の近くにはひれふり山として知られる鏡山がある。

その昔、大伴佐堤比古郎子（おおとものさでひこのいらっこ）は命により任那に行くことになった。その愛人の松浦佐用姫（まつらさよひめ）は深く嘆き悲しんだ。

彼が乗った船が海原へと漕ぎ出し遠ざかって行く。彼女は山に登り小さくなって行く船に領布（ひれ）がちぎれるほどにはげしく振り続けた。

そこでこの鏡山を「領布振り山」と呼ぶようになったという。

行く船を　振り留みかね　如何ばかり
恋しくありけむ　松浦佐用比賣（八七五）

去って行く船に領布を必死の思いで振っても引きとどめることが出来なかった佐用姫はどんなに悔しく恋しくせつなく思ったことだろう。

次の日、松浦の港を出ると玄界灘の青さが目にしむ。

これから進む船旅を祝福するがごとく大きく広がる青海原が待っていた。

青海原（あをうなばら）　風波（かぜなみ）なびき　行（い）くさ来（こ）さ
障（つつ）むことなく　船は早けむ（四五一四）

前途洋洋、眼前に広がる青い玄界灘、風も波もなびいて行きも帰りも障（さわ）りなくこの船は進むでしょう。

出足上上、波静かな青海原、このまま順風満帆と思いきや、荒れる海で知られる玄界灘、そうは問屋がおろさない。

昼近くになると波が次第に高くなりシケてきた。船長は空模様と風からこれからの航行は危険と判断し、ひとまず博多の港へ退避することにした。

博多は昔から那の津の港として知られていて、鴻臚（こうろ）館も設置され大陸との貿易の拠点として賑わっていた。

その鴻臚館の玄関口である荒津の港に上陸した。船長の話では、このシケは三日位は続きそうで二日間は出航出来ないとのことであった。

まだ日も高かったので、どうせ泊まるなら南の方の有名な次田(すきた)の温泉(ゆ)(現二日市温泉)でゆっくりと休養することにした。

夕食をしてゆったりと湯につかっていると鶴の声が聞こえてきた。そこで英彦磨は別れてきた万寿姫を思って歌を詠んだ。

湯の原に　鳴く蘆鶴(あしたづ)は　わがごとく
妹(いも)に恋ふれや　時わかず鳴く（九六一）

温泉につかってあなたを恋しく思っていると、私の心を推しはかるように鶴がしきりに休むことなく鳴いています。

万寿姫も応えた

君に恋ひ　いたも爲便無み　蘆鶴の
哭のみし泣かゆ　朝夕にして（四五六）

あなたのことをずーっと恋したっていますがどうすることもできず、蘆の原で泣いている鶴のように朝も夕べもなく一日中泣いてばかりいる私です。

次田の温泉の近くに遠の朝廷として知られる太宰府があり、学問の神様菅原道真公を祭る太宰府天満宮がある。これから勉学のため上京しようとする英彦磨にとって格好の参詣となった。

ここは古に太宰師大伴旅人が開いた「梅花の宴」が有名である。

「天平二年（七百三十年）正月十三日に師の老の宅に萃まりて

宴会を申きき。
時に初春の　令月にして気淑く風　和ぎ…。」
現在の元号「令和」はこの文章から取られている。
「梅花の宴」での大伴旅人の歌一首

わが園に　梅の花散る　ひさかたの
天より雪の　流れ来るかも（八二二）

わが家の庭に梅の花が散っているけれど大空から雪が
舞い落ちて来ているのかも。

都での学問の習得と旅の安全を祈って博多の港へと帰ってきた。
草ケ江の入り江で一羽鶴が餌をとっていた。

草香江（くさかえ）の　入江に求食（あき）る　葦鶴（あしたづ）の
あなたづたづし　友無しにして（五七五）

草ヶ江の葦原で鶴がただ一羽たよりなくさびしそうに
餌をとっている。

荒津の宿で寝ようとすると波がたえず打ち寄せている。

神（かむ）さぶる　荒津（あらつ）の崎に　寄する波
間（ま）無くや妹（いも）に　恋ひ渡りなむ（三六六〇）

荒津の海に絶えることなくうち寄せる波のようにいと
しいあなたをずーっと恋したっています。

万寿姫の応えし歌

荒津の海　われ幣奉り　斎ひてむ
早還りませ　面変りせず（三二一七）

私は神様に供える幣を作りお祈りをしています。やせこけて別人に見えるような貧相な顔にならないうちに早く帰って来てください。

博多で英気を養って英彦磨は再び船で出発した。しばらく行くと東の方に香椎宮で知られる香椎の入江がみえてきた。その入江に鶴が鳴きながら飛んで来た。

かしふ江に　鶴鳴き渡る　志賀の浦に
沖つ白波　立ちし来らしも（三六五四）

香椎の入江に鶴が鳴きながら飛んで来た。志賀島の浦あたりで少し波でも立ってきたのであろうか。

志賀島には海の神様を祭る志賀海神社があり、金印発掘の島として知られている。

船は順調に進み海の難所として知られる鐘の岬にさしかかった。

ちはやぶる　金の岬を　過ぎぬとも
われは忘れじ　志賀の皇神（一二三〇）

荒海として知られる金の岬を無事に通過しようとしています。これも海の神様である志賀の皇神様のおかげと感謝し、決して忘れることはありません。

一方、万寿姫は英彦磨の旅は順調とは聞いてはいるが心配がつきない。

梳（くし）も見じ　屋中（やぬち）も掃（は）かじ　草枕
旅行く君を　斎（いは）ふと思（も）いて（四二六三）

梳も手に取るまい、家の中も掃くまい。きびしい旅をつづけるあなたの安全を祈って。（当時、旅行く人の安全を祈るため、髪を梳ですかない、家の中は掃かないという風習があった。）

道　中（二）

英彦磨の旅は順調に進み、四国の松山近くでひと休みし次の出発にそなえていた。

熟田津に　船乗りせむと　月待てば
潮もかなひぬ　今は漕ぎ出でな（八）

夜になって月が出てこれから進む海を明るく照らしだした。潮もちょうど東へ向けて流れるように動き出した。さあ、漕ぎ出ようぞ。

いよいよ、京へ向って船出した。都での未知の楽しみが待っている。

英彦磨はひたすら京へ京へと気持ちがはやる。

万寿姫は英彦磨が元気で旅をつづけているだろうかと案じながら、自分の気持ちをも伝えたい。

君が行く　海辺(うみべ)の宿に　霧立たば
吾(あ)が立ち嘆(なげ)く　息(いき)と知りませ　(三五八〇)

あなたの旅はどのあたりでしょうか。海辺に宿った時に霧が立ったならば、その霧は私があなたを思って嘆く息が霧となり、あなたを慕ってそこまで吹き渡って行ったのですよ。

英彦磨も応じた

わが故に　妹嘆くらし　風早(かざはや)の
浦の沖辺(おきへ)に　霧たなびけり（三六一五）

私が旅をしているのでその案否を気づかってあなたがためいきをついているらしい。そのためいきが風早の浦まで飛んできて霧になりたなびいています。

万寿姫よ、案じてくれてありがとう。元気で旅を続けているのであまり心配しないでね。

春とはいえどまだ朝晩は冷えこみ、きびしく霜が降りる日もあった。万寿姫の心配はなくなることはない。

旅人の　宿りせむ野に　霜降らば
わが子羽ぐくめ　天(あめ)の鶴群(たづむら)（一七九一）

私の愛する人も寒さをこらえて旅を続けています。霜が降りるようなこんな寒い夜には、空を飛ぶ鶴さんたちよ、私のいとしい人をあなたたちのあたたかい羽でやさしく包んであっためてくださいな。たのみますよ。

夏は来ぬ

京へ来てからもう夏になった。
英彦磨は万寿姫のことが偲ばれる。自分が姫を愛してるように
彼女も私を愛してくれているだろうかと不安になる。

吾妹子(わぎもこ)に　恋ひて爲方(すべ)なみ　白栲(しろたへ)の
袖反(かへ)ししは　夢(いめ)に見えきや（二八一二）

あなたのことが恋しくてしかたがありません。袖を折り返して寝るとあなたの夢に出てくるといわれています。夢に私が見えたでしょうか。

万寿姫も和ふる

わが背子が　袖反す夜の　夢ならし
まことも君に　逢へりし如し（二八一三）

ええ、もちろん夢で見ましたよ。あなたが袖を折返して寝られた夜の夢でしょう。実際にあなたにお逢いしたようでしたよ。

英彦磨は歌をもらって嬉しかった。

遠くあれば　姿は見えね　常の如
妹が笑ひは　面影にして（三一三七）

遠く離れているのであなたの姿を直接に見ることは出来ませんが、いつものようにあなたの笑顔が面影として浮かびます。

かれんに咲いているねむの花を見て万寿姫が詠める。

昼は咲き　夜は恋ひ寝る　合歓木の花
君のみ見めや　我奴さへに見よ（一四六一）

昼間はきれいな花が咲き、夜には恋人同士のように葉と葉をぴったりと合せて眠りにつく合歓の花。いいなあ。あなた。見て。わたしたちもねむの花のようになりたいわよね。

夏は夜。晴れわたった夜空に満天の星。
その中を天の川が大きく、虹のごとく輝いている。
恋する牽牛（けんぎゅう）と織姫（おりひめ）が天の川を渡って一年に一度だけ逢うことができる七夕がある。

ひさかたの　天の河（がは）に　船浮（う）けて
今夜（こよひ）か君が　我許（わがり）来まさむ（一五一九）

今日は七夕。今夜はあなたが天の川に船を浮かべて私に逢いに来てくれるでしょう。

でも、ひるがえってみると現実はきびしい。

礫(たぶて)にも　投げ越(な)しつべき　天(あま)の河(がわ)
隔てればかも　あまた術(すべ)無き（一五二二）

小石を投げれば簡単に向こう岸にとどきそうな天の川。しかし、あなたとはそれ以上に離れていてどうすることもできない私です。

秋立ちぬ

もう立秋。万寿姫は秋の気配がよりいっそう感じられる。

君待つと　わが恋ひをれば　わが屋戸の
すだれ動かし　秋の風吹く（四八八）

夕ぐれにあなたの帰りを待っていると、風がすだれを
かすかにゆらして秋を知らせてくれる。

秋もだんだんと深まっていく。万寿姫の恋心もますますつのっていく。

何時はしも　恋ひぬ時とは　あらねども
夕かたまけて　恋は爲方無し（二三七三）

いつもいつもあなたを思わない時はない私ですが、夕方には特に恋したう気持ちがつのってどうすることもできません。

英彦磨も京で秋を迎えて万寿姫のことが気にかかる。

吾妹子(わぎもこ)に　恋ひて爲方(すべ)なみ　夢(いめ)見むと
われは思へど　寝(い)ねらえなくに（二四一二）

万寿姫をいとおしく恋しく思っているが、するすべがないので夢で会おうと思うと、かえって寝ることが出来ずそれもかないません。

秋の花の代表である萩の花もあちこちで咲いている。万寿姫も寂しさで涙が落ちてくる。

秋萩に　置きたる露の　風吹きて
落つる涙は　留(とど)めかねつも（一六一七）

萩の上の白露が風で吹き落ちるように、あなたを思って流す涙は止めることができません。

咲く花は　過(す)ぐる時あれど　わが恋ふる
心のうちは　止(や)む時もなし（二七八五）

咲いた花は散ってしまうことがあるけれど、私があなたを恋したう心には止どまる時がありません。

京の夜は寒さきびしく冷えこむ。九州の冷えこみとはケタが違うと聞いていたので、万寿姫は彼が旅立つ前に手作りの衣を贈っていた。

逢はむ日の　形見にせよと　手弱女の
思ひ乱れて　縫へる衣ぞ（三七五三）

再び逢う日迄私の形見としてこのかよわい私が心乱れながらもあなたのために一生懸命縫った衣ですよ。大事に着てね。

その品が今は英彦磨との絆になっている。

秋風の　寒きこの頃　下に着む
妹が形見と　かつも偲ばむ（一六二六）

秋風の寒さが身に泌むようになり、万寿姫が作ってくれたこの下着を彼女の形見と思って身につけ恋しく偲ぼう。

万寿姫の英彦磨を思う心はつのるばかり。

皆人を　寝よとの鐘は　打つなれど
君をし思えば　寝ねかてぬかも（六〇七）

さあ、皆さん、寝る時間ですよと知らせる鐘の音が聞こえるけれど、あなたを恋したっている私はなかなか寝つかれません。

稲穂が同じ方向になびいている。

秋の田の　穂向（ほむき）の寄れる　こと寄りに
君に寄りなな　事痛（こちた）かりとも（一一四）

秋の田んぼには稲穂がたわわに稔り、皆同じ方向に寄りそっている。あなたとの噂もひろまって気まづい時もあるけれど、ただひたすら稲穂のようにあなたに寄りそいたい私です。

彼ははるか遠い所に行ってしまっているが、この私の思いをとどけたい。

天雲の　遠隔の極　遠けども
情し行けば　恋ふるものかも（五五三）

天雲の遠ざかって行くはてはここからはるかに遠いけれど、恋しく思う心はどんなに遠い所にあなたがいても通じるでしょうね。

英彦磨の応えし歌

山川を　中に隔りて　遠くとも
心を近く　思ほせ吾妹（三七六四）

あなたとの間は山や川で遠くへだたってはいるけれど、

私の心はあなたのすぐ近くにいるんだと思ってください。万寿姫よ。

万寿姫の恋心はとどまることがない。

君に恋ひ　甚(いた)も術(すべ)なみ　平山(ならやま)の
小松が下(した)に　立ち嘆くかも（五九三）

あなたをひたすら恋したっている私ですがどうすることも出来ず、小松の下でただただ嘆息するばかりです。

夕べには

わが屋戸(やど)の　夕影草(ゆふかげくさ)の　白露の
消(け)ぬがにもとな　思ほゆるかも（五九四）

我が家の夕影草の白露が消えるように、私も消えてしまうほどにひどくあなたのことを思っています。

夜になると

闇(やみ)の夜に　鳴くなる鶴(たづ)の　外(よそ)のみに
聞きつつかあらむ　逢ふとはなしに（五九二）

闇夜に鳴いている鶴の声が遠く聞こえるように、あなたの声も遠く聞くだけで逢うこともできません。

万寿姫はいくら思いがつのってもあうことも出来ない。いくら恋したってなんにもならない。こんな苦しい恋なんて止めてしまえと時にはやけっぱちになる時もあるが。

よしゑやし　恋ひじとすれど　秋風の
寒く吹く夜は　君をしぞ思ふ（二三〇一）

ええいままよ、恋したったりするものかと思うけど、秋風が寒く吹く夜はかえってあなたを恋しく思ってしまいます。

夢

万寿姫が英彦磨と別れてからもう半年、秋もたけなわの今日この頃であるが、彼と逢える望みはまったくない。
いや、ないことはない。「夢」ならば時空を越えて逢うことが出来る。

あらたまの　年月かねて　ぬばたまの
夢(いめ)にそ見ゆる　君が姿は（二九五六）

年月が過ぎてもあなたのお姿を私は夢の中でいつも見ています。夢でしか逢えぬのがさみしい私です。

現には　直には逢わね　夢にだに
逢うと見えこそ　わが恋ふらくに（二八五〇）

現実には直接あなたとは逢えないけれど、せめて夢にだけでも逢えるように現れてください。私が恋に苦しむ時に。

現には　逢ふよしも無し　ぬばたまの
夜の夢にを　継ぎて見えこそ（八〇七）

現実にはあなたと逢うことも出来ませんが、夜の夢では何回も何回も逢って欲しい。

万寿姫は夢で英彦磨と逢うことで心はすこしはいやされている
が、彼も同じように私を見てくれているだろうか。心配である。

夜晝(よるひる)と　いふ別(わき)知らず　わが恋ふる
心はけだし　夢(いめ)に見えきや（七一六）

夜昼という区別もなく私の恋したっているこの気持ち
があなたの夢に出てきたでしょうか。

英彦磨の応ふる歌

我妹子が　いかに思へか　ぬばたまの
　一夜も落ちず　夢にし見ゆる（三六九七）

万寿姫がどんなに私のことを愛しく思っているのか。毎晩毎晩一日もかけることなく夢に見えることでよくわかってますよ。

英彦磨も同じようにいつも自分の夢を見てくれていることがわかり万寿姫の喜びはひとしおであった。

わが背子が　かく恋ふれこそ　ぬばたまの
夢に見えつつ　寝ねらえずけれ（六三九）

私の愛するあの人がこんなにも私を恋してくれているから夢に出てくれるのでしょう。そのため寝れなくなっています。

しかし、夢であえばいつも楽しくしあわせとはかぎらない。

夢（いめ）の逢（あひ）は　苦しかりけり　覺（おどろ）きて
かき探れども　手にも触れねば（七四一）

恋しいあなたが夢に出てきてくれました。やっと逢った嬉しさで思わず抱きしめようとすると、手にもふれることもなくあなたはすーっと消えてしまった。驚いて目が覚めて、ああー夢だったのかとがっかりして心がかえって苦しくなってしまう。

晩秋

村は今年も豊作で秋祭が開かれた。しかし、今年の秋祭は去年にくらべてもり上がりにかけた。

それは黒髪山の天童岩に巣くう大蛇(おろち)による被害が目に見える形で現れてきたためである。

これまでは村のはづれで被害もあまり目立たなかったが、今年は多くの田畑で見られ大蛇の害が人々の口から出るようになってきた。

そのため、豊作ではあるが去年のような祭特有の浮かれた気分が損なわれていた。

万寿姫は英彦磨の居ない秋祭などまったく興味もなかった。

英彦磨と出会った去年の秋祭と同じように月は明るく照っているが、今の姫にはうつろにしか見えない遠い昔のことのようであった。

あひ見ては　千年や去ぬる　否をかも
吾や然思ふ　君待ちがてに（三四七〇）

お会いしてからもう千年もたったのだろうか。そうではないだろう。私がそう思うだけなのか。あなたを待っているためだろうか。

英彦磨の返歌

去年見てし　秋の月夜は　照らせれど
相見し妹は　いや年さかる（二一一）

去年の秋祭で一緒に見た月と同じように照ってい
るが、姫とは月日とともに遠ざかっていくようだ。

英彦磨の返歌に「いや年さかる」という文字を見て、姫は不安
にかられてきた。

この頃は　君を思ふと　為方も無き
恋のみしつつ　哭のみしそ泣く（三七六八）

この頃は君をいくら思ってもどうすることも出来ず、
恋したってただただ声を出して泣くばかりです。

その後、英彦磨の手紙はとだえがちになり、姫の心配は大きくなっていった。

現(うつつ)には　会ふよしもなし　夢(いめ)にだに
間(ま)なく見え君　恋に死ぬべし（二五四四）

現実にはあなたと会うこともかないません。せめて夢にだけでもしげしげと現れてください。私はもうあなたへの恋でもだえ死にそうです。

彼の手紙、いやひとことさえあれば救われるのだが。

現には　言は絶えたり　夢にだに
　続ぎて見えこそ　直に逢ふまでに　（二九五九）

現実にはあなたからの言葉が絶えてしまった。せめて夢にだけでもひき続き現れてください。直接お逢いするまでは。

来て欲しいという姫の思いもむなしく使いも来なくなってしまった。

常止まず　通ひし君が　使来ず
　今は逢わじと　たゆたひぬらし　（五四三）

いつも来ていたあなたの使いが来なくなってしまった。もう逢うまいとあなたの心はゆれはじめているらしい。

相思はず　君はあるらし　ぬばたまの
夢(いめ)にも見えず　誓約(うけ)ひて寝(ぬ)れど（二五八九）

こんなにお祈りして潔斎もして寝たのにあなたは夢にすら現れてくださらない。きっと私のことなど恋しく思っていらっしゃらないのでしょう。

万寿姫がひどく落ち込んでいる時に時雨がやまず降っている。

うらさぶる　情(こころ)さまねし　ひさかたの
天のしぐれの　流らふ見れば（八二）

寒々とした秋の一日が無性に淋しく感じられます。大空から時雨がしとしとと降りつづくのを見ていると

山にたなびく雲を見ても悲しくなる。

北山に　たなびく雲の　青雲の
星離れ行き　月を離れて（一六一）

北の山にたなびいている青い雲が星から遠ざかり、月からも離れて行くようにあなたも私から離れて行くのですか。

冬

雪がチラチラ舞う寒い冬がやってきた。
万寿姫にはその寒さが心の底にまでひびいてくる。

降る雪の　空に消（け）ぬべく　恋ふれども
逢ふよし無しに　月そ經にける（二三三三）

降る雪が空に消えていくように私も消えてしまうほどあなたを恋したっていますが、逢うすべもなくむなしく月日がたっていきます。

沫雪(あわゆき)は　千重に降り敷け　恋しけく
日長(けなが)きわれは　見つつ偲(しの)はむ（二三三四）

沫雪よ、千重に降りつもれ。ずーっとずーっと何日も恋いつづけてきた私。雪を見ながらあなたのことを偲んでいきます。

沫雪の　庭に降り敷き　寒き夜を
手枕まかず　ひとりかも寝む（一六六三）

寒い冬がやってきた。雪がちらつき庭に降りつもり凍えるような寒い夜を恋しい人の手枕もなしに、ひとりさびしく寝ることだ。わびしい。

あきらめてひとり床につくと鶴の声がする。

鶴(たづ)が鳴き　葦辺をさして　飛び渡る
あなたづたづし　ひとりさ寝(ぬ)れば（三六二六）

鶴が鳴きながら葦辺をさして飛んでいく。ああ　どうしようもない。ひとりでわびしく寝ることだ。

空をまっしろにして雪が降ってくる。

天霧らひ　降り来る雪の　消えぬとも
君に逢はむと　ながらへ渡る（二三四五）

空いっぱい白く曇らせて降ってくる雪が消えてしまっても、あなたに逢いたい一心で生きてます。

あの人はどんな生活をしているのだろう。手紙も来なくなった今不安がつのる。

冬になっていろんな渡り鳥がやってくる。

その中で口ばしと足が赤く体は小さくて白いユリカモメは「都鳥」と呼ばれている。

名にしおはば　いざ言問わん　都鳥
我が想う人は　ありやなしやと（伊勢物語）

白いカモメよ、あなたが都鳥というからには都のこと知っているんでしょう。私がいとしく想うあの人がどんなにしているのか。元気でいるのか、いないのか。なんでもいいから教えて欲しい。

年があらたまりげんのいい雪も降ってきた。
万寿姫は祈らずにはいられない。

新しき　年の始めの　初春の
今日降る雪の　いや重け吉事（四五一六）

今日は新しい年のはじまりの日。初春を祝うこの降る
雪のようにいい事が沢山ある良い年になりますように。

春がきた

石ばしる　垂水の上の　さわらびの
萌え出づる　春になりけるかも（一四一八）

石の上を流れ落ちる滝のほとりにかわいいさわらびの芽が出てきて、人々に春がきたよと知らせている。

万寿姫にとっても待ちわびていた春がきたのである。
英彦磨が都へ行ってからもう一年。冬の寒さから開放されて万物が躍動し、生きる喜びを感じるこの木の芽どき。

浅緑　染め懸けたりと　見るまでに
春の楊は　萌えにけるかも（一八四七）

まるで柳の葉を浅緑に染めあげたのかと見まちがえる程に、柳の枝がいっせいに芽ぶいて春がきたことを喜んでいる。

春のうれい（ゆれる心）

そんな明るい春が来たというのに、万寿姫の心は晴れない。内憂外患というべき状態にある。
万寿姫の父松尾弾正之助は領主後藤家の家臣であったが、領主の勘気にふれて浪人し、貧乏となり病気で三年前に亡くなっていた。あとには万寿姫、弟の小太郎と母の三人が残された。小太郎は小さく母は病弱のため、生活はますます苦しくなるばかりであった。

これから先の暮らしはどうなるのか。小太郎の将来やこれからの生活の明るい展望などまったくない。

それ以上の外患もある。唯一の頼みとなるべき英彦磨であったが、都へ行ってから当初は便りも多かったが、暮れになってからは便りがとだえてしまった。たまに聞こえるのは彼が京女となかよくしているという話である。

頼みの彼が遠く離れているだけならまだしも、肝心の心がそれ以上に離れてしまっているようだ。どこを向いても八方ふさがり。

出るのは深いためいきばかりである。

それでも英彦磨のことを想ってしまう。

他国（ひとくに）は　住（す）み悪（あ）しとそいふ　すむやけく
早帰りませ　恋ひ死なぬとに（三七四八）

他国は住みにくいと人は言ってます。すみやかに早く帰って来てください。私が恋死なないうちに

天地の　極（そこひ）のうらに　吾（あ）が如く
君に戀ふらむ人は　實（さね）あらじ（三七五〇）

天のはて、地のはて、この世のはてまでいっても、私のようにあなたのことを恋したっている人はいないでしょう。

この春は万寿姫にとってはものうい日々であった。いいほうに

考えようとしてもなかなかそうはいかない。

東(ひむがし)の　野に炎(かぎろひ)の　立つ見えて
かえり見すれば　月傾(つきかたぶ)きぬ（四八）

東の空に夜明けの色が広がってきた。西の方を見ると月が沈もうとしている。静かな朝だがなんとなくうれいを含んだもの悲しいいい夜明けだ。

日が高くなり雲雀が鳴いている。

うらうらに　照れる春日(はるひ)に　雲雀(ひばり)あがり
情悲(こころかな)しも　獨りしおもえば（四二九二）

うらうらと照る春の日に雲雀が鳴いてもの悲しい。独りもの思いにふけっているとなおさらこたえる。

日が沈み夕やみがせまってくる。かすかな風で竹の葉がゆれている。

わが屋戸の　いささ郡竹（むらたけ）　吹く風の
音のかそけき　この夕（ゆふべ）かも（四二九一）

わが家の小さな郡竹に吹く風の音がかすかに聞こえる。
うら悲しい気分にさせるこの静かな夕べは。

湖では千鳥がえさをあさっている。

淡海（あふみ）の海（うみ）　夕浪千鳥　汝（な）が鳴けば
　情（こころ）もしのに　古（いにしへ）思ほゆ（二六六）

静かな夕方、湖面をさざ波がよせている。千鳥よ。あなたが鳴くのを聞いていると昔のことが思い出されて私の心は沈んでしまう。

万寿姫の心は遠く離れてしまった英彦磨を想うと、見るもの聞くものみんながもの悲しくなってしまう。自分が生きてることさえも。

君に逢はず　久しくなりぬ　玉の緒の
長き命の　惜しけくもなし（三〇八二）

あなたに逢うことなしに長い時間が過ぎました。もう逢うこともできないと思えば私の命が短くなっても惜しいとも思いません。

とはいうもののいちるの望みにすがりたい。心の中はゆれ動く。

恋ひつつも　後も逢はむと　思へこそ
己が命を　長く欲りすれ（二八六八）

今は恋に苦しんでいるけれど、いずれ後になればあなたに逢えるだろうと思っているからこそ自分の命が長かれと願っているのです。

万寿姫のうれいがだんだんと高じるにつれ心理がおかしくなってきた。

カラスが鳴くのを聞いてもこれまでの心情とは異なってきたようだ。

鴉(からす)とふ　大輕率鳥(おほをそどり)の　眞實(まさで)にも
来まさぬ君を　兒ろ来(く)とそ鳴く（三五二一）

烏というあわてんぼう奴。実際には来られないあなたを「兒ろ来」（君がおいでになった）と鳴くので、ついつい待ってしまったじゃないか。

烏にしてみればいい迷惑であろう。いつもと同じようにカアカアと鳴いているのにこの大軽率鳥ときめつけられては。こう鳴くのはカラスの勝手でしょうと。

嫉妬（しっと）の炎

万寿姫は嫉妬の炎にさいなまれる。

さし焼（や）かむ　小屋（おや）の醜屋（しこや）に
かき棄（う）てむ　破薦（やれこも）を敷きて
うち折れむ　醜（しこ）の醜手（しこて）を
さし交（か）へて　寝（ね）らむ君ゆえ

火を放って焼きはらってしまいたい。ちっぽけなおんぼろ小屋に
うち棄ててしまいたい。破れごもを敷いて
へし折ってやりたいあの女の汚らしい不格好な手を
手と手を交わしあって共寝をしているだろうあなたのことを思うと

あかねさす　晝はしみらに
ぬばたまの　夜（よる）はすがらに
この床（とこ）の　ひしと鳴るまで
嘆きつるかも（三二七〇）

昼は一日中
夜は一晩中
この床がひしひしとなくまでに
この私はもだえ嘆いています。嫉妬の炎にさいなまれて私から君を奪った憎いあの京女め、ひどい目にあわさずにおくものか。彼とはたった一度しか契っていないのに。今日もまた、あの京女が手と手を交わしながらしあわせな気持ちで抱かれていると思うと体中が憎しみで煮えたぎってくる。ただではすまさぬぞ。この感情はどこからくるのだろう。消そう消そうと思っているのにいや増しに憎悪がのさばってくる。

しかし、ふっと我に帰る。

わが情(こころ)　焼くもわれなり　愛(は)しきやし
君に恋ふるも　わが心から（三二七一）

自分の心をこがすのも私である。あなたを恋いしたう感情ゆえに苦しんでいるのも、みんな自分の心からとわかっているが、理性と感情は別ものなのだ。

姫の嫉妬心は夜になって消え去るどころか不穏当な夢になって燃えさかる。

剣太刀（つるぎたち）　身に取り副（そ）ふと　夢（いめ）に見つ
何のしるしそも　君に逢（あ）はむ為（ため）（六〇四）

この私が剣太刀を身につけている夢を見ました。いったいなんのためでしょうか。他でもない恋したうあなたに身を賭して逢いたい一心からなのです。そして、私は夜叉になってあなたを奪ったあの憎い京女に一太刀あびせたいのです。

あきらめ

万寿姫は激しい嫉妬の後には強い虚無感にさいなまれる。あきらめと虚しさだけが沁みてくる。

世間(よのなか)を　憂(う)しとやさしと　思へども
飛び立ちかねつ　鳥にしあらねば（八九三）

この世の中はつらく悲しくやるせないと思い、どこかいい所へと飛んでいきたいけれど、鳥ではない我が身ではそれも出来ない。

なんでこの世はこんなに生きづらいのだろう。現世さえ楽しければ来世なんてどうでもいいのに。

今の世にし　楽しくあらば　来む生には
蟲に鳥にも　われはなりなむ（三四八）

この世が楽しければ私は来世で虫や鳥に生まれ変わろうとかまわない。

そして姫は厭世感に取りつかれてしまった。

世の中は　空しきものと　知る時し
いよよますます　悲しかりけり（七九三）

この世はむなしいものだと知れば知るほどますます悲しさがこみあげてくる。

すべてをあきらめている姫。
月が出ていて星も輝いている。静かな夜。
昼の苦しい思いがうそのように消え、天上世界が極楽のように思われいやされる。

天の海に　雲の波立ち　月の舟
星の林に　漕ぎ隠れ見ゆ（一〇六八）

天という広い海に雲の波が立ち、月の舟に私と英彦磨様がなかよく乗っている。星の林に分け入り、雲に隠れたりしながら進んでいく。

高札

この頃、住吉村は不穏な空気につつまれていた。黒髪山の天童岩に大蛇(おろち)がすみついていたが、最近は住吉村や有田村の白川池に現れては悪さを働くようになっていた。

大蛇は田畑を荒し、人に危害を加えることもあった。これをみて血気盛んな若者が退治してやろうと立ち向った。しかし、太刀で切りつけても刀がおもちゃのようにへし折られ、歯がたたず巻きつかれてしめ殺された。

それならばと弓矢で射ても矢が金属音をたてて砕け、尻尾でたたき殺されてしまった。

この村の庄屋善太夫はこれでは安心して村人が生活出来ないの

で、領主後藤助明に大蛇退治を直訴した。

それは一大事、退治してくれようと領主助明は家来を引きつれ出かけたが、大蛇は出て来ず失敗に終わった。

なにかいい名案はないかと評定している時に村人の一人が言ってきた。「夢の中でお告げがあった。若い女性を人身御供（ひとみごくう）として池の中に台座を作り、女をすわらせておくと大蛇が必らず出てくるのでそこを射殺せばいい。」

これは名案として、さっそく各地に高札をたてて囮（おとり）役の若い女性の募集を行なった。

「恩賞は望みどおり」と破格の扱いであったが、大蛇にむざむざ殺される役目に応募する娘はなかなか出てこなかった。

万寿姫も高札を最初見た時はなんとも思わなかった。しかし、後になって妙にこの一文が気にかかってきた。「恩賞は望みどおり」。

人生のどん底に落ちこみ、生きる希望もなくした姫には金銀財宝の恩賞などなんの魅力もなく、この世はうつろにみえるだけだった。

わが情(こころ)　ゆたにたゆたに　浮蓴(うきぬなは)
辺(へ)にも奥(おき)にも　寄りかつましじ（一三五二）

私の心は良い方や悪い方へと絶えずゆれ動き、ゆらゆらと浮かぶ浮根草じゅんさいのように、岸にも沖にも落ちつくところがありません。

また思う。人生とはなんなのだろう。

世間(よのなか)を　何に譬(たと)へむ　朝びらき
漕ぎ去(い)にし船の　跡なきがごと（三五一）

この世の中を何にたとへたらいいのだろう。朝港を漕ぎ出した船の跡がなにも残らないようなものだ。

姫の心はどんより曇った今日の空のようであった。
そのどんより曇った雲の切れ目から黄金色に輝やく一条の光がさしこんできた。
その時、姫の頭に天の啓示か考えが浮んだ。
「恩賞に金銀財宝だけ」とは書いてない。それらを貰ってもすぐになくなる。

しかし、「恩賞は望みどおり」とある。こちらの望み「松尾家の再興」をしてもらえれば、この惨めな生活から抜け出せるのではないか。

この世にたいした存在価値を見出せない自分が犠牲になることで、松尾家を再興してもらえれば弟小太郎の将来は明るく輝き、母親も安んじて生活できるようになり、村人の役にもたてるし自分も救われる。

これ以上のチャンスは二度とないように思われた。

よし。決めた。松尾家の再興を約束してくれるなら人身御供となっても悔いはない。

かくごの日

領主に人身御供として名乗り出る日が来た。
万寿姫は覚悟の歌を詠んだ。

天雲の　遠隔の極　わが思へる
君に別れむ日　近くなりぬ（四二四七）

大空の雲のはるかかなたのその涯のそのまた遠く広い
空に際限がないように大切に思う我が君にお別れする
日が近くなりました。

覚悟を決めた姫にはもうなんの迷いもなかった。松尾家の再興を約してくれるなら人身御供となっても悔いはないと領主に申し出た。

領主後藤助明は囮役の娘がやっと出てくれたので、大喜びですぐに会った。そこには身なりこそ粗末だがりんとした気品にあふれた万寿姫の姿があった。聞けば旧臣松尾弾正助の娘で、弾正助が先代領主から追放され浪人となり、三年前に貧乏と病気で失意の内に死亡したという。

「そうであったか。さぞ、無念であったろう。で、恩賞になにがいいか」と助明。

「はい。松尾家の再興だけです。他にはなんにもいりません。」と万寿姫。

これを聞いて助明「あっぱれなり。お家の再興だけがのぞみとは」と大喜びで万寿姫の願いをいれ、松尾家の再興と彼女の菩提寺も建てて後世を弔う旨を約束した。

万寿姫がいけにえになるという話はすぐに村中に知れわたった。

庄屋の思い

これを聞いて庄屋の善太夫は狼狽した。

いくら村のためとはいいながら、村娘一人を犠牲にするのは耐えがたい。なにかいい智恵はないかと村の長老哲師に相談した。

哲師はこれまでに立ち向った若者の刀や弓矢が役に立たなかったことから、普通の人間では大蛇を殺せない。これを射殺すことが出来るのは暴れん坊で豪弓で知られる大男の源鎮西八郎為朝しかいないであろう。

以前、豊後の国の由布岳に棲む大蛇退治をしたことで一躍名声を得て、九州一円の豪族が一気に彼の支配下に入ったので九州探題と自称している。太宰府に居を構えているのでその彼に大蛇退治を頼むしかなかろうという。

善太夫は大蛇退治を為朝に頼むことにした。

為朝には村人が大蛇に悩まされているのでぜひ大蛇を退治してほしい。追って、迎えの使者をさしむけるのでよろしく頼みますと依頼の文を送った。

その迎えの使者を誰にするか。善太夫はすぐに英彦磨が浮んだ。英彦磨は文武両道に秀れていたため領主の目にとまり、京へ修行に出されていた。

善太夫は彼と万寿姫との仲を知っていたので京での噂も本心で

はないと考えていた。万寿姫の件を記した手紙を急いで英彦磨に送った。

また、領主には大蛇退治を豪弓で知られる為朝に依頼したので、彼が来るまで待ってほしいと申し出た。

領主助明もこれまで立ち向った者の刀や弓矢がまったく役に立たなかったことを聞いており、自分達だけではおぼつかないと思案していたので、一騎当千の噂が高い為朝が来るまでしばらく待つことにした。

英彦磨は善太夫の手紙をみてショックを受けた。万寿姫が大蛇の囮役になるなどそこまで追いつめられていたなどとはまったく考えたこともなかった。

善太夫の手紙ではこの大蛇を退治出来るのは、八人力の豪弓を打つと言われる大男の為朝しかいない。彼には大蛇退治依頼の手紙を出しているので太宰府で為朝に急いで会い、必らず帯同して来るようにとのことであった。

英彦磨も武芸の心得はあるのでこの大蛇は普通の弓矢では倒せないこともよくわかる。

事は緊急を要するのですぐ都をたち太宰府へ向った。しかし、帰る道中英彦磨は万寿姫の死などまったく考えておらずまだまだのんきなもので、為朝が退治してくれるものと楽観していた。

待つらむに　到らば妹が　嬉しみと
笑まむ姿を　行きて早見む（一五—一六）

待っているだろうか。着いたなら姫が嬉しさのあまりほほえむ姿を行って早く見たいものだ。

英彦磨は太宰府に着くとすぐ為朝に願い出た。彼は七尺二寸にならんとする大男で圧倒される。この男なら豪弓で大蛇を倒すことが出来るに違いないと思った。

「どんな頼みじゃ」と暴れん坊の為朝は気さくに問いかけた。

英彦磨は手短に経緯を述べ、ぜひ黒髪山の大蛇を退治してほしいと懇願した。

為朝は「そうであったか。よくわかった。村人もさぞ困っていよう。わしがその大蛇を退治してくれようぞ」と二つ返事で快諾した。

彼にしてみればここでの平穏な生活では腕をふるうチャンスもなく飽き飽きしていた。

久しぶりにおのれの力を発揮出来るチャンスが来たと内心大喜びであった。よし、この鎮西八郎為朝様の腕前を見せつけ、巷間の平氏礼賛の気運を抑えつけることもできる。同じ武門である源氏の名を世に知らしめる絶好のチャンスでもあった。

剣太刀(つるぎたち)　いよよ研(と)ぐべし　古(いにしえ)ゆ
清(さや)けく負ひて　来(き)にしその名を（四四六七）

剣太刀をいつでも戦いで使用できるように研ぎすましておこう。昔から武門のほまれ高い源氏の名を清く受けついできた我等であるぞ。源氏の底力を見せてくれようぞ。

また、

丈夫(ますらお)は　名をし立つべし　後の代に
聞き継ぐ人も　語り継ぐがね（四一六五）

丈夫は手柄をたてて立派な名をこそ立てるべきである。
後世の人々がさらに後々の世に語りつがれるように。

大蛇退治

村では為朝が大蛇退治に来るということで大喜びであった。
さっそく池の中に高台が作られ、為朝一同の到着を待った。

ついにその日がやってきた。

すべてを覚悟し十二単衣を身にまとった万寿姫の姿はこうごうしいまでに美しい。高台の上に座り数珠を持ち経をとなえつづけた。

彼女のまわりには流れ矢が当たらないように米俵が積まれた。

日が落ちてうす暗くなったが大蛇は出てこない。すっかり暗くなったが、しばらくすると月が出てきてぼーっと明るくなった。

それでも大蛇は出て来ない。今日は出て来ないのかとあきらめかけた。

急に一陣の風が湖面を吹き抜けていくと、湖面がざわざわと波立ち、生ぐさい臭いが広がり吐き気をもよおす。

その時、血走った眼をかがやかして水をはねあげながら水中から大蛇が躍り出た。

「来たぞ」大きな声で為朝が叫ぶ。

万寿姫を睨みかま首をあげて大きな口をあけて襲いかかろうとした。

「今だ」為朝は八人張りの弓から八寸の鏑矢(かぶらや)をはなった。鏑矢はブオーンとものすごいうなりをたてて、狙いたがわず大蛇ののど首にぐさっと突きささった。この鏑矢の威力は凄まじくさすがの大蛇も矢の勢いに負けてあおむけざまにたおれた。

これを見て領主の家来達もいっせいに矢をあびせたが大蛇にさざる矢は少なかったため、大蛇ははいあがり血を流しながら山中へ逃げようとする。

逃がしてなるものかと為朝が再び豪弓を放つとみごと頭部に当り倒れたが、なおもおどろおどろしいうなり声をあげながら逃げようとする。

そこへ領主の手勢が弓矢をいっせいに放った。なおもののたうちまわったがしばらくして息絶えた。

一方、万寿姫は大蛇に睨まれ、かま首をあげて来て食べられると観念したとたん気を失ってしまった。

大蛇がたてた大波で湖上に投げ出されたが、さいわいにも岸近くだったので英彦磨達によってすぐに救助された。

姫はぐったりしていたが鼻に手をやると息があった。「生きている」と英彦磨は姫をゆすりながら名を呼びつづけた。

姫自身はもう大蛇に飲みこまれ死んで極楽浄土にいるはずだが、それにしてはうす暗すぎると感じた。

しかも、どうも遠くで自分の名が叫ばれているようだ。

どうしたんだろうとおもわず目をあけようとすると目がゆっくりあいた。

「目があいたぞ」「気がついたぞ」という声がするとまわりから

大きな歓声があがっているのが聞こえた。
「万寿姫」と呼ぶ声はもう聞くこともないと思っていた英彦磨の声ではないか。
「英彦磨様」万寿姫はそういうのがやっとで英彦磨にすがりついた。
彼も姫がやっと自分に気がついたことがわかり、しっかりと彼女を抱きしめた。
英彦磨は会えば姫が嬉しさでほほえむのではないかと思っていた。

思はぬに　到らば妹(いも)が　嬉しみと
笑(え)まむ眉(まよ)引き　思ほゆるかも（二五四六）

思いもかけず自分に会ったなら姫が嬉しくてにっこり笑う眉のようすがとてもかわいいと思われる。

しかし、万寿姫は思いもかけず英彦磨に会えて夢心地でうれし泣きするだけであった。

夢（いめ）かと　心はまとふ　月数多（まねく）
離（か）れにし君が　言（こと）の通へば（二九五五）

長い間離ればなれになってもう会うこともないと思っていたあなたにあえて愛の言葉をかわせるなんて夢のようで信じられない気持ちです。

立ちて居て　たどきも知らず　わが心
天つ空なり　土は踏めども（二八八七）

立っているのか座っているのかふわふわしてなんにもわかりません。あなたに抱かれて私の心はもう上の空です。足は土を踏んでいるようですが。

〔完〕

万寿姫はその後西岳壱岐守としあわせに暮したという。西岳壱岐守の墓碑塚が武雄市武内町多々良(ただろう)にある。

言い伝えではやっと安心して暮らせるというのでこの村は住吉村と名づけられ、村内の「牛の首」や少し離れた「駒鳴峠」は大蛇のうろこを運搬中にあまりの重さに牛が首を突っ込んだり、馬がないた所という。

有田町の大樽、中樽、小樽の地名は祝いの宴にそれぞれの樽酒を出した所という。

西川登(にしかわのぼり)の高瀬(こうぜ)には「万寿(ばんじゅ)さん」と親しまれる観音堂のほか、松尾神社には小太郎も一緒にまつられているという。

あとがき

万葉集。中学で耳にして以来、折にふれて歌の解説書などを読んできたが、同じ歌でも人により解釈がいろいろと異なり取りあげられる歌も多岐にわたっている。

歌の原作者はある状況で歌を詠(よ)んでいるが、解釈する人はその人の個性、感性や立ち位置が異なるため解釈が別れるのであろう。

そこで、個々の解釈だけではあきたらなくなり、万葉集の歌全部を一年がかりで読んでみた。総歌数二十巻四千五百十六首。

思った以上にてこずったが読んで驚いた。

相聞歌をはじめ恋のときめき、喜び、不安、寂しさやむなしさなどが多く、まるで古代のミュージカルに思われ、恋する人の心のうつろいをこれら万葉歌でミュージカル風に表せないか。

ヒロインはすぐに万寿姫が浮かんだ。

二十年ぐらい前に読んだ佐賀県「山内町誌」に黒髪山の大蛇退治の事が書かれていて、その囮（おとり）役になる女性が万寿姫であった。

この山に伝わる大蛇退治の話は住吉小学校（現山内西小学校）で自然と耳にはいっていたが、活字で読むのははじめてであった。

ところが十年位前武雄市若木町の厳教寺さんから「湯か里」第26号をいただいた。

そこには黒髪山の大蛇が実は武内町にいた群盗一味の仕業だろうとあった。

当時の末法思想の混乱の世であればさもありなんと思うが、史実は史実、次元の違う伝説を消し去っていいものではないだろう。

それが万葉集のミュージカル性と大蛇退治の想いが万寿姫というヒロイン

を介してストーリーが出来てしまった。

歌の注釈は大胆に意訳したものもある。当然学者先生のオーソドックスな評論とは異なるが、このストーリー、このシチュエーションでこう読めばこの歌がより生きてくるのではなかろうか。

読む人もその時のシチュエーション、個性や感性のゆらぎで違う感じになっても不思議ではなく当然であろう。

そして、声を出して読めば今までとは違う万葉歌の魅力が得られると思う。浅学をかえりみず書いてしまったが、少しでも万葉集に親しみ、黒髪山のことも知ってもらえれば嬉しいです。

これまで喜びも苦しみもともにしてくれた亡き妻千鶴子に感謝のひとこと「ありがとう」と。

出版にあたりいろいろご尽力をいただいた櫂歌書房社長東保司御夫妻に感謝の意を表します。

最後に大好きな石川啄木の歌で終わりたい。

忘れおれば　ひょっとしたことが
思い出の　たねにまたなる　忘れかねつも
ふるさとの　山に向ひて　言ふことなし
ふるさとの　山はありがたきかな
（黒髪山、黒岳、あさひら山、円山、今山）

万葉ラブストーリー
万寿姫の恋
ISBN978-4-434-31430-8 C0092

発行日 2023年 11月20日 初版第1刷

著 者 藤本 昇
発行者 東 保司
発 行 所
櫂歌書房
〒811-1365 福岡市南区皿山4丁目14-2
TEL 092-511-8111 FAX 092-511-6641
E-mail:e@touka.com http://www.touka.com

発売元 星雲社（共同出版社・流通責任出版社）